Classiques

ou

Primitifs ?

PARIS

BIBLIOTHÈQUE INTERNATIONALE D'ÉDITION

E. SANSOT & Cⁱᵉ

53, Rue Saint-André-des-Arts

1906

CLASSIQUES OU PRIMITIFS ?

ALBERT du BOIS

Classiques

ou

Primitifs ?

PARIS

BIBLIOTHÈQUE INTERNATIONALE D'ÉDITION

E. SANSOT & Cie

53, Rue Saint-André-des-Arts

1906

AVANT-PROPOS

On trouvera dans ce volume avec la Notule publiée à la suite de Laïs et Démosthènes *quelques passages d'une chronique consacrée à cette Notule par l'éminent auteur d'une* Histoire de la Littérature Française, *qui est elle-même un des monuments de cette littérature. On a fait suivre ces extraits de quelques pages où se trouvent des explications sur certains points soulevés par* M. Emile Faguet.

Quant au titre « Classiques ou

Primitifs ? » l'auteur n'a pas la prétention de répondre à l'interrogation qu'il renferme, dans les quelques pages qui suivent. Il a seulement voulu rassembler ici certains éléments d'argumentation qui permettront, à ceux pour qui la question aurait quelque intérêt, d'y répondre dans le sens qui lui paraît s'imposer.

Cette question est d'ailleurs une des plus passionnantes qui puissent se poser devant un peuple artiste. Elle est du plus palpitant intérêt national. La valeur intrinsèque des chefs-d'œuvre, ou prétendus chefs-d'œuvre littéraires, n'est jamais aussi considérable que le supposent ou le déclarent les pédagogues ; mais leur expression de la men-

talité d'une race provient par tout du fait extrinsèque qu'ils ont été regardés, par cette race, comme réunissant les qualités qu'elle estime le plus dans une intelligence.

Sans doute, il importe peu, pour un peuple au point de vue pédagogique d'élever, à la dignité d'Auteurs Classiques, des écrivains de trentesixième ordre, car il est toujours possible de trouver en eux des modèles propres à illustrer, pour des écoliers, les règles élémentaires, lorsqu'il s'agit de dire devant les autres races : « Voici le poète qui exprima notre âme. Voici l'âme en qui nous retrouvons la nôtre. » Il est, au contraire, très important, si l'on ne veut point passer pour des imbéciles, de ne pas choisir des écrivains insignifiants, des âmes étroites et sans ampleur. Il est très important, si l'on ne veut point passer pour des intelligences superficielles, de ne point sacrer demi-dieux, des joueurs de flûte, des moduleurs de roulades, des virtuoses qui songent moins à exprimer leur personnalité qu'à produire une œuvre d'art.

Il faut plaindre la race qui prend pour les chefs-d'œuvre, les devoirs, bien calligraphiés de forts en thème « nourris de la moelle substantielle de la sage antiquité ».

C'est un service à rendre à cette race que de lui répéter : — Il n'y a de grand poète que celui qui a vécu toutes ses œuvres. Il n'y a de belles œuvres que celles dans lesquelles s'exprime sincèrement une ame sincère.

On objectera, sans doute, que le poète dramatique n'a point à exprimer sa propre personnalité mais bien à faire vivre des personnages plus ou moins historiques. On pourra prétendre que Corneille dans Cinna et Racine dans Mithridate eussent pu difficilement ne peindre, l'un que Pierre Corneille et l'autre que Jean Racine, sous les grandes figures qu'ils désiraient évoquer.

Je répondrai à cela que, quoiqu'ils puissent faire, les poètes ne peignent jamais qu'eux-mêmes : Cinna et Mithridate parlent ainsi qu'eussent parlé Racine et Corneille dans les situations où ils placent leurs héros. Si ces poètes se contentent de traduire Tite-Live, et s'ils n'imaginent que des situations de nature à fournir à leurs héros l'occasion d'échanger des lieux communs et de broder de pauvres rimes des tissus de platitudes, ils trahissent leur propre médiocrité et non celle de Cinna et de Mithridate.

CLASSIQUES

OU

PRIMITIFS ?

NOTULE

SUR LES PERFECTIONNEMENTS APPORTÉS

AUX

CONCEPTIONS DES POÈTES TRAGIQUES

par deux siècles de Pensée et d'affinement cérébral.

I

Si la seule hypothèse par laquelle la Science essaie d'expliquer l'origine de l'Humanité n'est pas complètement erronée ; si, à travers des évolutions successives, la Matière est arrivée à s'épanouir en des êtres suffisamment bien organisés pour penser, pour raisonner, pour oublier qu'ils ne sont que des tubes digestifs, il n'y a aucune raison de croire que l'Humanité ne continue point à gravir les échelons d'améliorations insensibles, et l'on peut affirmer que l'intelligence de la moyenne des hommes se développe, s'élargit, s'élève, se fortifie.

A travers des générations qui les exercent de plus en plus, les facultés du cerveau s'accroissent, s'étendent, s'amplifient. La matière cérébrale s'affine par l'exercice.

Un des arguments que l'on fait valoir contre cette hypothèse consiste à affirmer que depuis Homère et Platon, Virgile et Horace, Corneille et Racine, le cerveau humain dans sa faculté créatrice, l'imagination, semble être resté stationnaire.

C'est une erreur.

J'ai montré ailleurs (1) à quel point le plus médiocre écrivain contemporain est supérieur aux demi-dieux de la Grèce et de Rome. Je compléterai cette démonstration en indiquant ici comment un auteur dramatique contemporain, à condition qu'il respecte son art et n'ait rien

(1) Préface des *Rhapsodies Passionnées: La Passion Rédemptrice.*

de ces écrivassiers de l'École Arriviste
(qui ont découvert que le meilleur
moyen de rafraîchir le Lieu-commun
consistait à l'entourer de Solécismes),
doit être, à tous les points de vue essentiels, supérieur aux grands dramaturges
du XVIIe siècle.

En faisant cette démonstration, ce
n'est point la glorification de mon œuvre
que je pousuivrai. Je ne ferai que rendre
justice à ces penseurs, à ces écrivains, à
ces philosophes, à ces savants, à ces
littérateurs, dont l'œuvre rend si évi-
dents les principes sur lesquels je m'appuie, que j'ose, sans crainte d'être ridicule, entreprendre une démonstration
qui ne laissera point de paraître quelque
peu paradoxale à des esprits prévenus.

II

Les points de vue essentiels sous lesquels nous envisagerons le poème scénique sont : la perfection et la richesse du style, la souplesse et le naturel de la Forme poétique, l'intensité de Vie des personnages.

Les écrivains du XVIIe eurent pour idéal l'appauvrissement du vocabulaire. Ils avaient divisé les mots en mots « nobles » (*sic*) et mots « vulgaires ». La tragédie — genre noble ! — ne pouvait s'exprimer décemment qu'en mots « nobles » (1).

De là un ostracisme plus ou moins rigoureux envers tout terme qui ne paraissait point digne de resplendir sur l'Olympe en carton où s'asseyait la Muse tragique.

Avec quel goût « les bons auteurs » se livrèrent à cette sélection, nous ne

(1) Remarquons, en passant, que le terme noble étant celui que l'on n'emploie jamais dans la conversation, son usage ne contribue pas peu à donner un air factice aux personnages créés par le poète.

nous arrêterons pas à à l'examiner. Les mots sacrifiés furent innombrables. A chaque page des écrivains du XVIᵉ siècle on trouve les cadavres d'un certain nombre de ces charmantes et délicates victimes des procédés « d'épuration » de « nos grands classiques ». Tous ces pauvres morts montrent à l'évidence comment ce procédé d'épuration aboutit à diminuer les ressources des écrivains. Hâtons-nous de dire qu'il ne pouvait aboutir à d'autres résultats. On ne « purifie » pas une langue. Plus un poète possède de mots à son service, mieux il réussira à vêtir ses idées d'un habit qui les moulera exactement, qui dessinera avec précision leurs lignes et leurs contours.

On peut juger de la culture d'un esprit par la précision avec laquelle il rend ses pensées. On peut juger de la puissance d'une imagination par la « vividité » des tableaux qui se déroulent devant elle. On peut apprécier le degré de perfection d'une éducation artistique et la valeur d'un tempérament, par la vigueur et la vivacité avec lesquelles l'artiste jette ces tableaux sur le truchement, toile ou papier, qui les communiquera à d'autres hommes. Plus le poète possèdera un large choix de mots, plus le peintre pourra broyer sur sa palette de nuances et de demi-teintes, et plus il leur sera facile de saisir exactement les manifestations de la vie de leur modèle.

Chaque mot qu'un cerveau acquiert constitue un perfectionnement. Le nombre de mots que connaît un homme donne plus exactement que tout le reste, la mesure de sa culture intellectuelle. Le vocabulaire de Shakespeare se compose de huit mille mots. Celui de Racine de quinze cents. Celui de nos ouvriers illettrés de trois à quatre cents, celui du Papou de quarante. La plupart des hommes n'ont pas besoin de plus de sept à huit cents mots — et ils s'imaginent connaître leur langue quand ils ont appris à se servir correctement de ce vocabulaire restreint.

Bien loin « d'épurer » le langage, d'opérer aveuglément une sélection irraisonnée (1) parmi les mots, au lieu d'é-

____

(1) Dans sa très intéressante *Esthétique de la langue française*, M. Remy de Gourmont a exposé des principes de sélection aussi originaux que justes.

monder malencontreusement Rabelais, Marot, Ronsard, Villon, Commines et Montaigne, les écrivains du XVIIe siècle eussent montré plus d'intelligence, non seulement en conservant avec respect les beaux vieux mots vénérables de ces gé-nies, mais encore en n'hésitant jamais à introduire dans notre langue, par un emprunt habile au trésor magnifique de sa mère latine, les termes qu'ils trou-vaient plus élégant de remplacer par des périphrases sans vie, sans vigueur et sans couleur.

D'abord, c'est toujours une erreur de traiter de « barbarisme » un mot qui vient du latin, d'une des langues qui en dérivent, ou d'un patois romain ou gau-lois. Lorsqu'un de ces mots, comme un galet qui s'use sur la plage, a perdu ses aspérités natives, par le frottement natu-rel ou artificiel (2) avec les autres mots de la langue, il est français et bien fran-

(2) J'entends, par frottement artificiel, l'action de l'écrivain qui donne à une racine latine comme « *mens* » un poli essentiellement français — par exemple dans le mot « *mentalité* » — et ajoute une excellente recrue à l'armée des serviteurs de nos idées et de nos rêves.

çais. Il n'en est pas de même de mots imprégnés du génie d'une langue qui n'a aucune parenté avec la nôtre. Tous les dictionnaires de l'Académie ne donneront pas droit de cité à certains intrus teutons ou anglo-saxons.

A côté de cette question de mots le style de l'auteur moderne, n'étant plus limité à certains substantifs « élégants » et « nobles » accolés à de fatales et inséparables épithètes, peut aisément acquérir une force, une vigueur, un pittoresque, un coloris, une passion, une chaleur, en dehors desquels il n'existe plus de vraie élégance, sans lesquels il n'a jamais pu exister de vraie noblesse (1).

Tous les écrivains modernes possèdent plus ou moins ces qualités. Il serait difficile, d'ailleurs, du moment où l'on exprime ce que l'on éprouve, de ne pas

(1) La sécheresse du style d'un Racine, pour être d'un mauvais goût moins criard que la « truculence » de certains modernes, n'en trahit pas moins une âme myope qui n'ose pas se fier à sa propre manière de voir, et s'exprime par « clichés » dont la correction repose sur l'universelle approbation. C'est la splendeur du médiocre. Nul écrivain n'a plus de chances d'être immortel.

avoir un style incomparablement supérieur à celui des pâles Racine et des insipides Campistron, qui n'osaient risquer une pensée ou hasarder une image que si tel grand homme, tel esprit éminent — Aristote, ou Plutarque, ou Tacite — leur servait de « guide » et de « modèle ». Un écrivain qui trouve dans des « guides » et dans des « modèles » l'assurance qu'il fait bien et cherche hors de sa propre conscience la certitude qu'il pense juste, peut réussir à combiner une œuvre correcte ; jamais il ne l'éclairera de cette indéfinissable lumière que l'on appelle la poésie, de cette lumière qui, seule, prêtera à son style, la chaleur, la passion, le mouvement, l'aprence enfin de la vie.

III

C'est une erreur profonde de consi-
dérer le vers comme un mode d'expression en dehors de la nature.

Le théatre en vers est aussi naturel,
aussi vrai, aussi « réalistique » que le
théâtre en prose. Certains esprits, étri-
qués dans les préjugés d'une éducation
artistique incomplète, déclarent que cette
forme scénique a vécu en France. Le
théâtre en vers français aura sa raison
d'être aussi longtemps qu'il existera une
langue française. Il est d'ailleurs sus-
ceptible de peindre aussi exactement notre
vie morale et intellectuelle contempo-
raine, que le Théâtre de Baumarchais,
de Dumas fils et d'Henri Lavedau. Le
Théâtre en vers peut être aussi vivant que
le sont les Théâtres en prose de ces
maîtres. L'état d'intense excitation cérébrale dans lequel certains hommes ne
parviennent plus à exprimer leurs sentiments qu'en leur imprimant la modu-
lation d'un rythme régulier, est aussi sincère et aussi spontané chez ces hommes,
comme expression de ce qu'ils éprouvent

que le cri ou les larmes en des individus autrement conformés.

Quoi de plus naturel donc, lorsqu'une de ces âmes harmonieuses et violentes est transportée sur la scène, que de l'entendre s'exprimer comme elle le fait en réalité : moduler ses rêves en un chant, entourer ses visions et ses enthousiasmes de fugitives et caressantes musiques.

Sans doute, le Théâtre en vers sans poésie est un monstre absurde et profondément ridicule (1). La pièce de théâtre, dont le héros n'est pas un poète, n'a aucune raison d'être soutenue et supportée sur les ailes de la forme poétique. Quand au contraire ce héros est un poète rien n'est plus vrai et plus légitime que de le faire parler comme il pense.

Bien entendu, il faut prendre ici le

(1) La forme de la comédie molléresque est fausse, factice et déplaisante. Cette observation précise et sans poésie porte gauchement son vêtement de poésie. Alceste et Orgon parlent aussi mal en vers que Hernani et Ruy Blas (masques derrière lesquels on voit dépasser le front colossal de Hugo) parleraient mal en prose.

Tout ce théâtre du XVIIe siècle est mort, et on ne lui conserve un semblant de vie que grâce à de larges et inintelligentes subventions.

mot *poète* dans son sens le plus large. Hernani et Ruy Blas sont des poètes. Tous les héros des Mendès, des Jean Richepin, des Coppée, des Rostand, des Banville, sont des poètes, — des âmes véhémentes et sonores, et il est tout naturel que ces âmes s'expriment en vers, car leur langage rythmé correspond à leur pensée harmonieuse.

Ainsi donc, dans l'œuvre dramatique où l'on se proposera de faire revivre les grandes figures du passé, la prose sera la forme qui conviendra le mieux au tableau où l'on voudra évoquer fidèlement l'histoire, le vers au tableau où l'on voudra laisser toute liberté à l'imagination.

Ce n'est pas à ce seul point de vue que la forme des auteurs dramatiques du XVII° siècle peut être critiquée. On constatera encore dans cette forme, qui a longtemps joui d'une réputation de perfection presque absolue, une ignorance complète des conditions de l'harmonie et des lois mystérieuses qui régissent les Nombres.

Les lois de la prosodie ne sont point arbitraires comme on l'a parfois prétendu. La Musique des Mots est soumise à des règles qui n'ont point leur fondement dans le bon plaisir des poètes, et dont le charme ne résulte point uniquement de l'accoutumance.

Faute de raisonnement et d'analyse, c'est par un procédé empirique que la prosodie moderne est arrivée à pouvoir formuler des règles que je considère, quant à moi, après le lamentable échec du vers libre essayé par la génération précédente, comme aussi définitives que peut l'être la langue dont nous nous servons.

La puissance de charme du Nombre a des limites : les limites de cette faculté de notre cerveau de *sentir* un nombre sans devoir le supputer. Les cerveaux les plus accoutumés à cette gymnastique mentale n'ont plus la perception immédiate du chiffre auquel s'élève un groupe d'objets semblables, quand ce chiffre est supérieur à six ou sept unités. Aucun homme, en voyant treize ou quatorze lignes blanches, tracées l'une à côté de l'autre sur un tableau noir, ne peut dire, sans examen, quelle est exactement, la quantité de ces lignes.

Cependant, nos sens finissent par acquérir, par l'habitude, une perception très prompte de nombres considérables, grâce à un procédé de division et d'addition si rapide qu'il devient presque instantané. De là, dans les arts basés sur le rythme et la quantité, la division des phrases musicales ou poétiques, par les mesures et les césures, qui facilitent cette addition instinctive, lorsque le nombre — clef du rythme — est trop grand pour être saisi en une seule opération mentale. Si la quantité de syllabes du vers alexandrin français a été fixée à douze, c'est que cette quantité se prête aisément à des subdivisions en quantités que l'on peut saisir sans que l'esprit soit obligé de supputer.

Six et six est la plus rationnelle de ces subdivisions et celle qui s'imposa dès l'abord ; mais d'autres, non moins harmonieuses, quoique plus complexes, ont été introduites à la suite de celle-là.

Quatre, quatre et quatre est d'une harmonie aussi sensible que six et six. Trois, six et trois, donnent également un nombre bien net pour l'oreille la moins exercée.

Il vous faut — un bonheur qui dure, —
                      [qui soit tel.

Quatre groupes de trois, donnent un rythme léger, rapide et sonore. Deux, six et quatre, ou quatre, six et deux, donnent des combinaisons grâce auxquelles l'on enveloppe d'un éclat plus ou moins rapide, selon que l'on se sert de la première ou de la seconde mesure, une pensée que l'on veut faire sortir de l'ombre de la longue phrase harmonique centrale.

Mon cher — le fils d'un forgeron — de
                      [Præonie !

Les groupes harmoniques impairs comme cinq; cinq et deux :

Oui, c'est ma fille ! — C'est une histoire. —
                      [Je vais...

ne sont pas dépourvus de force, surtout si l'esprit prévenu peut s'appuyer sur une syllabe longue, à l'endroit usuel du repos.

Les phrases rythmiques, dont un membre compte plus de six syllabes, deviennent extrêmement difficiles à manier, et leur emploi réitéré ne manquerait de produire un effet pénible. Cependant, il est incontestable que sous l'empire d'un sentiment très véhément et pour donner à une image un relief tout particulier, le poète se laissera aller à adopter une de ces mesures plus frappantes encore que les combinaisons deux, six et quatre, et quatre, six et deux :

On est meilleur | *rien qu'à respirer l'air*
[*pur* | *l'air...*

Adroitement mélangées (1), toutes ces combinaisons, dont l'oreille la plus mal faite ne peut nier la parfaite résonance, ne laisseront point dans la phrase un seul mot important qui ne soit placé, ou sous la lumière d'une de ces nombreuses césures auxquelles l'esprit s'arrête instinctivement, ou sous la lumière plus vive encore d'un rejet ou d'un enjambement, ou sous cette lumière de la rime, si brutale et si crue, que les épithètes,

(1) Ce que le poète fait évidemment d'instinct.

fleurs délicates, se fanent presque toujours sous ses rayons (1).

Bien entendu, tous les grands poètes français du XIX⁰ siècle, s'ils n'ont point(2) cherché à expliquer le mécanisme réflexe qui fait naître dans notre cerveau la sensation agréable du Nombre complet, se sont parfaitement rendu compte que la subdivision six et six, multipliée et répétée indéfiniment, engendrait une intolérable monotonie. Ce ne fut pas sans peine qu'ils réussirent à faire comprendre au public que, si les bons poètes ne consentent plus à rythmer les vers monotones qui, seuls, étaient considérés comme « corrects » par les écrivains de siècles moins intelligents, c'est parce

(1) C'est pour cela que, quand les épithète de la rime ne sont qu'une cheville, elles constituent une intolérable difformité. Quel poète, ayant le culte de son art, n'aimerait mieux être condamné à se promener dans le Jardin des Supplices que de consentir à incarner son rêve en des vers comme les suivants du doux Racine :
Vous voyez de quel œil et comme indifférente.
J'ai reçu de ma mort la nouvelle sanglante
      Iphig.. ... . Acte III, scène v.

(2) A ma connaissance t moins.

qu'ils ont entre les mains un instrument plus souple, plus sonore, plus puissant, plus difficile aussi à manier adroitement.

Sans doute une maladresse peut transformer en prose le vers affranchi de la règle absurde de la césure médiane, mais ceci est, à mon sens, au point de vue de la forme du poème scénique, le plus précieux résultat de la modification introduite dans notre prosodie au siècle dernier.

Cette maladresse, dont les ouvrages des poètes médiocres offrent d'innombrables exemples devient pour le poète dramatique consciencieux une suprême habileté. Cet écueil, contre lequel se brisent tous ceux qui ne se sont pas donné la peine d'apprendre leur métier, devient pour les artistes délicats une source admirable et féconde de lumière et de vie.

Voici comment.

Pour que le poème dramatique fût conçu d'une façon rationnelle il faudrait que chaque personnage s'exprimât dans une forme qui répondrait à son caractère. Les poètes, les héros, les âmes lyriques, exhaleraient leurs sentiments dans une forme poétique ; les âmes banales et communes, dans une forme prosaïque. Rien n'est plus absurde que de prêter aux paroles terre à terre d'un personnage vulgaire les ailes d'un rythme qui, nous l'avons vu, est tout naturel aux envolements d'une âme supérieure et aux véhémences d'un cœur passionné.

Pourquoi ne pas faire parler à chaque personnage un langage qui réponde à son caractère spécial ? Pourquoi ne pas faire parler poètes et hommes ordinaires je ne dis pas comme ils parlent, mais au moins comme ils pensent ? Pourquoi ne pas faire ce que firent Shakespeare et les Tragiques grecs : le premier en mêlant la prose et les vers, les seconds en combinant les rythmes les plus différents ?

Rien ne serait plus logique et plus aisé si le public n'était imbu de ce préjugé que le vers est absolument et radicalement distinct de la prose, et qu'il est séparé de celle-ci par un abîme infranchissable. L'amour de l'unité qui au fond de notre caractère latin, constitue une modalité de notre amour de la clarté, ne tolérerait point une œuvre composite. Ce sentiment est basé sur une erreur.

Vers et prose se mélangent et se confondent souvent. Entre le rythme éclatant et sonore d'une strophe et la lyrique cadence subtile d'une période de prose s'étend toute une gamme, toute une gradation harmonique, aux transitions insensibles.

Un écrivain habile parviendrait certainement à passer sans cahotement, sans secousse trop brusque, de la prose au vers. Mais, sans aller jusque-là, le vers affranchi peut aisément arriver, lorsque le bon sens l'exige, à n'être plus qu'une prose, dans laquelle scintille, de place en place, la paillette d'or d'une rime.

Ainsi l'écrivain arriverait à concilier les exigences de la raison et du bon goût et les préjugés du public. Il est permis de croire que notre langue produira difficilement une forme plus favorable au poème scénique.

C'est là, pour le poète d'aujourd'hui, un avantage considérable sur les écrivains du prétendu grand siècle, qui se croyaient obligés de faire ronronner rois et confidents, esclaves et dieux, avec la même élégance et la même noblesse.

Rien n'est plus choquant et plus faux.

Rien n'est plus mesquin que cette forme monotone qui prête une solennité bouffonne au moindre mot de tous les personnages indistinctement.

En somme, le poète moderne peut légitimement se vanter d'avoir à son service un instrument d'une souplesse et d'une délicatesse presque parfaites, qui est, à l'instrument grossier des Racine et des Corneille, ce qu'est l'orchestre de Bayreuth à la guitare de Lulli.

IV

Il n'est pas moins aisé de montrer
que les personnages créés par l'auteur
moderne sont incomparablement supérieurs aux personnages des écrivains
classiques, par l'intensité de la vie qui
les anime.

Nous trouvons, dans les naïves préfaces des Corneille et des Racine, des
aveux candides qui jettent un jour cu-
rieux sur leur façon d'envisager l'exis-
tence et de transposer leurs visions en
réalités.

Ces faux grands hommes ont des
mentalités de collégiens. Écoutons-les
se justifier d'avoir osé parler de l'amour
(ce que leurs confesseurs ne leur pardon-
naient point !)

Ces passions n'y sont présentées aux
yeux (dans *Phèdre*) que pour montrer
tout le désordre dont elles sont cause et
le vice y est peint partout avec des cou-
leurs qui en font connaître et haïr la difformité (préface de *Phèdre*). » Voilà le
but. « C'est là proprement le but que
tout homme qui travaille pour le public

doit se proposer (Même préface). » Pour atteindre ce but « que les premiers poètes tragiques avaient en vue sur toute chose (*Id*), » il suffira de scrupuleusement « observer les règles de la tragédie », règles « qu'Aristote a *bien voulu donner* » (*Id.*). — En copiant dans les colosses grecs « tout ce qui regarde les passions (Préface d'*Iphigénie*) », on pourra se vanter de devoir à Euripide ou à Sophocle un « bon nombre des endroits qui ont été le plus approuvé (Préface d'*Iphigénie*). » On sait d'ailleurs que non seulement la tragédie et le théâtre ont pour but « d'exciter les spectateurs à la vertu », définie et réglementée par les Jésuites, mais encore qu'ils doivent atteindre ce but éminemment louable en nous exhibant que des personnages « qui doivent être regardés d'un autre œil que nous ne regardons d'ordinaire les personnages que nous avons vus de près (Préface de *Bajazet*). »

Toute l'époque, ignorante malgré sa minutieuse érudition superficielle, malgré la profondeur d'esprit qu'elle déployait à creuser des problèmes absurdes, est résumée dans ces naïves préfaces et dans les poëmes d'un art non moins naïfs auxquels ces préfaces servent d'apologies.

Se représente-t-on un écrivain composant son œuvre, (œuvre qui ne peut avoir de vie que pour autant qu'il y ait mis son âme à lui, sa passion à lui, ses sentiments à lui, ses visions à lui,) se représente-t-on un écrivain ne s'abandonnant à ses passions et n'écoutant le chant de ses rêves, qu'après s'être assuré qu'ils se trouvent exprimés d'une façon similaire dans les tragiques antiques revues et corrigées suivant « les bienséances françoises » et la morale jésuitique !

Les héros des Corneille et des Racine sont d'intolérables pédants, qui ne vivent que pour faire hors de propos des discours en trois points, dans lesquels il leur arrive sans doute d'être éloquents, corrects et habiles — autant que peut l'être un bon rhétoricien — mais dans lesquels il ne leur arrive jamais d'être naïfs, insensés, puérils, de balbutier des choses folles, de sangloter des choses navrantes, comme le fait la Nature, comme le fait la Passion, comme le fait la Vie.

Ce qu'un peuple intelligent n'eût point
pardonné à ces écrivains ignorants et
grossiers c'est d'avoir touché de leurs
lourdes mains de barbares à demi-sau-
vages encore, à la divine antiquité, c'est
d'avoir habillé de « bienséances françoises » la sublime, la lumineuse Hellas !
Cuistres ! qui sans s'être prosternés dans
la poussière sacrée des chemins d'A-
thènes, sans avoir vu, dans la lumière
pourpre des soirs, passer les grandes
ombres dont le défilé solennel anime les
cimes de l'Hymette et les plaines de la
mer de Salamine, sans avoir vu cette
terre d'Hellas où les Dieux, les Dieux
éternels, vivent encore, vivent à jamais,
dans leur gloire et dans leur beauté, sans
être sortis de la boue de leur ville ténébreuse, se sont permis de peindre les
Héros, se sont permis de faire parler les
filles de Sparte et d'Argos, se sont permis
de corriger Euripide et d'apprendre à
vivre à Sophocle !

Que sont devenus, dans leurs Antigones et dans leurs Œdipes, dans leurs
Phèdres et dans leurs Iphigénies, dans
leurs Horaces et dans leurs Polyeuctes,
ces vieux Grecs sceptiques et railleurs,

aimant la Vertu parce qu'elle est la suprême aristocratie, et la Beauté parce qu'elle est ce que le vulgaire blasphème? Que sont devenus ces Romains, ces brutes impériales, aux fronts têtus, aux mâchoires carrées, aux biceps noueux, plus laids encore lorsqu'ils se couronnaient de roses pour leurs joies grossières que lorsqu'ils baissaient le pouce pour demander qu'on achevât l'esclave blessé.

Que sont devenus tous ces Morts dont l'âme parlera éternellement à l'âme du poëte, au pied des colonnes brisées des temples de la Grèce, à l'ombre des blocs démesurés des colisées italiens ? Que sont devenues ces vierges de Sparte, dansant, nues, dans leur courtetuni que le vent soulève sur la grâce farouche et sauvage des frêles corps bruns? Que sont devenues les Canéphores d'Athènes suaves blancheurs un instant entrevues, le long de la Voie Sacrée, dans le cadre pâle que les oliviers séculaires dessinent sur la mer bleue aux reflets d'hyacinthes? Que sont devenues les courtisanes de Corinthe : tuniques multicolores sur les terrasses roses, étagées entre les deux

mers ? Que sont devenus les prêtres ma-
gnifiques d'Olympie et d'Éphèse ? Que
sont devenus les petits pâtres drapés
dans des haillons lumineux, les petits
pâtres couronnés de violettes, les petits
pâtres dont la flûte mélancolique rap-
pelle les béliers accrochés aux panicules
parfumées du cythise ? Q'est devenu cet
Akilleus féroce, traînant autour des hauts
murs noirs d'Ilion, traînant autour des
remparts funèbres aux sommets desquels
les veillards ouvrent des bras de pourpre
dans le soir écarlate, traînant — roide
d'orgueil sur son char — le cadavre
dont le crâne rebondit sur les pierres,
et dont une lanière gluante de sang tra-
verse les talons bleuis ? Qu'est devenu
l'Odysseus, souple, charmant, subtil,
toujours prêt à moduler des paroles ca-
resseuses, qui font sortir des ténèbres,
dont s'enveloppent les âmes imbéciles,
la foule divine des blanches Illusions ?
Que sont devenus les Nérons fauves et
hagards, bêtes haletantes d'impuissants
désirs devant le piédestal de la Beauté ?
Que sont devenus les Augustes, pâles
et graves, et amers d'être presque des
dieux; les Alexandres hantés du désir

d'étonner les Athéniens ; les Phèdres brûlées de luxure ; les dédaigneuses Iphianax ; les tristes Cornélies ; toute la grâce, toute la noblesse, toute la vertu de Rome et d'Athènes ?...

Vous qui êtes responsables, je vous en supplie, au nom du respect que vous avez pour cette réputation de bon goût et de tact qui nous est si chère, cessez de profaner le péplos en prêtant sa ligne harmonieuse aux caricatures imbéciles, prétendus chefs-d'œuvre de nos faux grands hommes !

Au XVIIe siècle, la Tragédie avait l'esprit de s'affubler d'un costume spécial. Qu'elle reprenne ce déguisement héroï-comique. Qu'elle reprenne son casque à plumes, sa cuirasse lépidote, son cothurne et sa perruque. C'est un sacrilège de lui prêter un autre vêtement. C'est une impiété. C'est un manque de respect envers Athènes et envers l'Hellas.

EXTRAIT D'UNE CHRONIQUE

DE

M. ÉMILE FAGUET [1]

Ces temps derniers, un de nos plus illustres critiques dramatiques, M. Nozière, avait une entrevue avec M. le ministre de l'instruction publique et des beaux-arts et lui demandait avec une sollicitude inquiète s'il n'estimait pas que la Comédie française et l'Odéon ne devaient point, *avant tout,* maintenir sur la scène française les chefs-d'œuvre de nos classiques.

Et M. Chaumié, sans se compromettre par des déclarations trop précises ou trop formelles, répondait qu'il estimait que la Comédie française et l'Odéon doivent,

(1) *Journal des Débats du* 22 août 1904.

avant tout, maintenir sur la scène française les chefs-d'œuvre de nos classiques.

Sans me prononcer moi-même, je signalerai seulement à M. le ministre des beaux-arts et à M. Nozière un contradicteur énergique et qui est, autant qu'il est possible de l'être, d'un avis absolument contraire au leur. C'est M. Albert du Bois, auteur d'un poème tragique intitulé : *Laïs et Démosthénès*.

M. Albert du Bois considère le théâtre classique français comme la plus grotesque partie de la littérature dramatique en particulier et de la littérature en général. Dans une « notule » qui sert comme de préface ou *postface* à son *Démosthénès*, M. Albert du Bois déplore que des « subventions inintelligentes » prolongent la vie toute factice du théâtre de Corneille, de Racine et de Molière. Il fait remarquer que Corneille et Racine sont des « cuistres » et des « écrivains ignorants et grossiers » qui ont « touché de leurs lourdes mains de barbares à demi sauvages encore à la divine antiquité ».

Comment, par exemple, ont-ils pu mettre sur la scène des héros de Rome et d'Athènes sans avoir fait le voyage d'Athènes ? « Cuistres ! qui sans s'être prosternés dans la poussière sacrée des chemins d'Athènes, sans avoir vu, dans la lumière pourpre des soirs, passer les grandes ombres dont le défilé solennel anime les cimes de l'Hymette et les plaines de la mer de Salamine, sans avoir vu cette terre d'Hellas où les Dieux, les Dieux éternels vivent encore, vivent à jamais dans leur gloire et dans leur beauté, sans être sortis de la boue de leur ville ténébreuse, se sont permis de peindre les héros, se sont permis de faire parler les filles de Sparte et d'Argos, se sont permis de corriger Euripide et d'apprendre à vivre à Sophocle ! »

Remarquez, du reste, que « ces faux grands hommes ont des mentalités de collégiens ». Racine s'excuse d'avoir parlé d'amour en assurant que ce n'est que pour montrer les tristes égarements où il peut conduire. Cela indique assez qu'il est servilement attaché « aux bienséances françaises et à la morale jésuitique ».

Il ose dire que les personnages de sa tragédie « doivent être regardés d'un autre œil que nous ne regardons d'ordinaire les personnages que nous avons vus de près ? » Peut-on être plus injuste et n'est-il pas vrai que « toute l'époque, ignorante, malgré sa minutieuse érudition, superficielle, malgré la profondeur d'esprit qu'elle déployait à creuser des problèmes absurdes, est résumée dans ces naïves préfaces et dans les poèmes d'un art puéril auxquels ces préfaces servant d'apologie ? »

Il faut s'entendre sur cet « art puéril ». Voici l'explication de cette appréciation sommaire : « Les héros de Corneille et de Racine sont d'intolérables pédants, qui ne vivent que pour faire hors de propos des discours en trois points, dans lesquels il leur arrive sans doute d'être éloquents, corrects et habiles, autant que peut l'être un bon rhétoricien ; mais dans lesquels il ne leur arrive jamais d'être naïfs, insensés, puérils... [Vous entendez bien : l'art est puéril ; mais le tort des personnages est de ne pas l'être ; et l'art est puéril précisément en ce qu'il ne sait pas donner de puérilité aux personnages. Ah ! c'est un peu subtil ; mais c'est pénétrant] de balbutier des choses folles, de sangloter des choses navrantes, comme le fait la nature, comme le fait la passion, comme le fait la vie. »

Leur style et leur rythmique sont, comme on peut s'y attendre, aussi médiocres que leur art créateur. « On constatera dans la forme des poètes du dix-septième siècle, dans cette forme qui a longtemps joui d'une réputation de perfection presque absolue, une ignorance complète des conditions de l'harmonie et des lois mystérieuses qui régissent les Nombres. »

Cela n'a guère besoin d'être démontré et aussi on ne le démontrera pas (1), mais pour ce qui est du style proprement dit, voyez un peu Molière : « La forme de la comédie moliéresque est fausse, factice et déplaisante. Cette observation précise et sans poésie porte gauchement son vêtement de poésie. Alceste et Orgon parlent aussi mal en vers que Hernani et Ruy Blas parleraient mal en prose. Tout

(1) Le lecteur a pu lire six à sept pages employées à cette démonstration, à la suite de la phrase de la Notule, citée par M. Faguet. Il serait donc superflu d'y revenir en détail. Rappelons brièvement les grandes lignes de l'argu-

ce théâtre du dix-septième siècle est mort et on ne lui conserve un semblant de vie que grâce à de larges et inintelligentes subventions. »

Examinez-moi un peu le style poétique de Racine : « Quel poète, ayant le culte de son art, n'aimerait mieux être condamné à se promener dans le *Jardin des supplices* que de consentir à incarner son rêve en des vers comme ceux-ci :

Vous voyez de quel œil et comme indifférente
J'ai reçu de ma mort la nouvelle sanglante.

« Quand les épithètes de la rime ne sont qu'une cheville, elles constituent une intolérable difformité. »

Il y aurait bien quelques petites choses à dire là-dessus ; et, par exemple, M. du

mentation : le charme du rythme repose sur le Nombre. Les auteurs classiques imposaient brutalement et sans adresse le Nombre de leur vers Alexandrin en le scindant en deux parties uniformément égales. Le poète moderne donne plus d'importance à la rime et sait en même temps en atténuer le côté factice en variant la coupure de son vers de façon, bien entendu, à laisser toujours sensible le Nombre sur lequel il se rythme.

Bois admet-il comme au moins exempts de difformité ces deux vers de Leconte de Lille.

Je dressais devant moi, majestueuse et lente,
Ta forme blême, ô roi, ton image sanglante.

C'est pourtant par deux épithètes, ici aussi, que rime le poète et par deux épithètes qu'une critique sévère pourrait traiter de chevilles, puisque ni l'une ni l'autre n'est nécessaire. Et même on pourrait faire remarquer que des deux épithètes « *indifférente* » et « *sanglante* », l'une étant abstraite et l'autre matérielle, la rime est plus « inattendue », donc meilleure, ou moins mauvaise, que la rime *lente, sanglante* où les deux épithètes sont matérielles. Oui, il y aurait quelques petites choses à dire là-dessus (1). Mais la remarque de M. du Bois subsiste.

(1) Tout mot, toute tournure que l'on n'emploierait pas en prose, constitue, à mon sens une intolérable cheville. Il n'y aurait rien à changer en prose aux vers de Leconte de Lisle que cite M. Faguet, — et les deux épithèques *sanglante* et *lente* ne sont nullement des chevilles car elles ajoutent un trait utile au tableau évoqué par le poète. Dans les vers de Racine, au contraire,

Du reste M. du Bois cite peu, la cita-
tion étant une manière de démonstration
et il se contente presque toujours d'affirmer avec énergie : « La sécheresse du
style d'un Racine, pour être d'un mauvais goût moins criard que la truculence
de certains modernes, n'en trahit pas
moins une âme myope, qui n'ose pas se
fier à sa propre manière de voir et s'exprime par des clichés dont la correction
repose sur l'universelle approbation.
C'est la splendeur du médiocre. Nul écrivain n'a plus de chance d'être immortel. »

Aussi, ce que devient l'antiquité ma-
niée par ces « ignorants », ces « demi-sau-
vages », ces « barbares » et ces « cuistres »,
est quelque chose de lamentable. « Que
sont devenus dans leurs Antigones et
dans leurs Œdipes, dans leurs Iphigénies, dans leurs Horaces et dans leurs
Polyeuctes, ces vieux Grecs sceptiques et
railleurs, aimant la vertu parce qu'elle

« sanglante » n'ajoute rien. Une « nouvelle sanglante » quel style ! et comme M. Emile Faguet a
raison de trouver l'épithète *inattendue !* Le sens
est absolument complet sans cet adjectif superflu et ridicule.

est la suprême aristocratie, et la beauté parce qu'elle est ce que le vulgaire blas-phème? Que sont devenus ces Romains, ces brutes impériales, aux fronts têtus, aux mâchoires carrées, aux biceps noueux, plus laids encore quand ils se couronnaient de roses pour leurs joies grossières que quand ils baissaient le pouce pour demander qu'on achevât l'esclave blessé? »

Je ferai remarquer d'abord que dans leurs *Polyeuctes*, dans les *Polyeuctes* du dix-septième siècle, les vieux Grecs sceptiques et les vieux Romains brutes ne pouvaient rien devenir du tout, les Grecs ni les Romains n'ayant jamais traité le sujet de *Polyeucte*, et Polyeucte étant un Arménien (1).

Je noterai ensuite qu'OEdipe repré-sente peu le grec sceptique et railleur dans la tragédie de Sophocle et qu'il était difficile qu'il devînt railleur et scep-tique dans Corneille ; qu'Antigone ne

____

(1) Et Félix ? et Sévère ?... et Pauline?... — L'auteur n'a d'ailleurs voulu opposer que d'une façon générale le caractère bien marqué des deux grandes nations de notre antiquité classique

pouvait guère devenir sceptique railleuse, d'abord ne l'étant aucunement dans Sophocle et ensuite parce qu'aucun classique du dix-septième siècle n'a traité le sujet d'*Antigone* ; que Phèdre, n'étant dans Euripide ni sceptique, ni railleuse, ni amoureuse de la beauté, ni amoureuse de la vertu, mais seulement d'Hippolyte, je ne vois pas qu'elle ait été sensiblement altérée par Racine ; qu'Horace, dans Corneille, ne représente à la vérité nullement une brute impériale couronnée de roses ; mais que peut-être Corneille ne pouvait mieux faire que de tirer fidèlement son Horace de Tite-Live; que pour ce qui est des brutes impériales se couronnant de roses, le Néron de Racine m'en paraît un spécimen assez bien accommodé et qu'enfin M. du Bois, en disant du mal des rhétoriciens me semble un peu être ingrat envers lui-même et méconnaître un peu sa façon de raisonner.

Mais qu'importent ces arguties? M. du Bois a suffisamment prouvé que la tragédie du dix-septième siècle est une ordure littéraire et il s'écrie pour conclure : « Vous qui êtes responsables, je vous en supplie, au nom du respect que vous avez pour cette réputation de bon goût et de tact qui vous est chère, cessez de profaner le peplos en prêtant sa ligne harmonieuse aux caricatures imbéciles, prétendus chefs-d'œuvre de nos faux grands hommes. »

A la vérité, pour être impartial et c'est-à-dire pour être complet, j'ai eu tort de dire que M. du Bois ne démontre jamais. Toute sa doctrine sur le théâtre du dix-septième siècle est fondée sur une idée, sur une seule, mais qui est une très grande et vaste théorie générale. C'est la théorie de la perfectibilité, chère à Mme de Staël.

Les écrivains du vingtième siècle sont supérieurs à tous les écrivains passés (1), tout simplement parce qu'ils viennent

(1) Présentée ainsi la théorie développée dans la préface des *Rhapsodie Passionnée* et que la Critique Allemande et Anglaise a bien voulu apprécier d'une façon extrèmement bienveillante (Voy. « *Forthnigtly Review* » et « *Allgemeine Zeitung*'» apparaîtra sans doute d'une extrème absurdité. Mais c'est un procédé de discussion facile que de prêter gratuitement à ceux que l'on prétend réfuter des théories qui se réfutent d'elles-mêmes.

après tous les écrivains passés. La perfectibilité est indéfinie ; l'esprit humain est toujours en progrès. « Un des arguments que l'on fait valoir contre cette hypothèse consiste à affirmer que, depuis Homère et Platon, Virgile et Horace, Corneille et Racine, le cerveau humain dans sa faculté créatrice. l'imagination, semble être resté stationnaire. C'est une erreur. »

C'est une erreur. M. du Bois l'affirme. Comment le démontre-t-il ? Il ne le démontre pas. Il l'a démontré « ailleurs ». Il devrait nous dire où ; car ce serait très intéressant. « J'ai démontré ailleurs *à quel point* LE PLUS MÉDIOCRE ÉCRIVAIN CONTEMPORAIN EST SUPÉRIEUR AUX DEMI-DIEUX DE LA GRÈCE ET DE ROME. Je compléterai cette démonstration, en indiquant ici comment un auteur dramatique contemporain, à condition qu'il respecte son art... doit être, à tous les points de vue essentiels, supérieur aux grands dramaturges du dix-septième siècle. »

Voilà qui est bien, quoique peut-être un peu audacieux dans l'expression : qui vient après est supérieur, toujours, par ce seul fait qu'il vient après. Mais

alors que devient cette épouvantable
infériorité des dramatistes grecs, de quoi
M. du Bois nous entretenait tout à
l'heure sans ménagements? Les Corneille, les Racine et les Molière sont
évidemment inférieurs à M. du Bois
puisqu'ils lui sont antérieurs de deux
siècles et demi ; mais ils doivent être
infiniment supérieurs aux Sophocle et
Euripide puisqu'ils viennent vingt-deux
siècles après eux. Et si le plus médiocre
écrivain du vingtième siècle est supérieur (« et à quel point! ») à Homère,
corneille doit être supérieur à Sophocle,
si non « à quel point! » du moins très
sensiblement et déjà d'une façon écla-
tante. Il faudrait débrouiller cette contrariété, qui n'est certainement qu'apparente, mais qui reste sensible. M. du
Bois le fera sans doute dans une autre
notule (1)....

(1) Cette contrariété — apparente — n'est pas
aussi sensible que M. Émile Faguet le suppose.
J'ai donc démontré ailleurs à quel point — pour
tout ce qui n'est pas le côté purement plastique
de l'art d'écrire — (c'est-à-dire pour tout ce qui
ne concerne pas cet ensemble d'éléments ex-
ternes et accessoires que l'on appelle le *style*) les

écrivains contemporains sont supérieurs à tous ceux qui les précédèrent. J'ai même, en passant noté, à quel point (encore) ! l'art d'exprimer ses idées de ses rêves est supérieur aux arts essentiellement plastiques tels que l'architecture, la sculpture et la peinture, qui ont du premier coup atteint la perfection. Ces arts n'ont en effet pas plus d'importance que « le style » *comme expressions de personnalités véritablement extraordinaires au point de vue de la netteté de leurs opérations mentales.* Il ne faut point étendre à tous les arts ce que l'auteur a écrit du seul art des Lettres. Les poètes seuls méritent le nom de « génies ». Les autres classes d'artistes sont des « mémoires visuelles puissantes, des « perceptions auditives » harmonieuses mais peuvent n'être et ne sont souvent que des cerveaux peu développés au point de vue des facultés supérieures et essentiellement humaines d'abstraire et de synthétiser.

Quant aux écrivains du dix-septième siècle ils furent supérieurs aux Anciens — témoin Shakespeare — lorsqu'ils furent *eux-mêmes* et lorsqu'ils ne voulurent pas se contenter de traduire, d'imiter ou de s'efforcer laborieusement d'évoquer des époques qu'ils ne connaissaient pas, de peindre des mœurs qu'ils ne comprenaient pas, de montrer des hommes et des pays dont ils n'avaient aucune idée, de se livrer enfin, à une besogne de rhéteurs et « d'ARTISTES ».

A. DU B.

CLASSIQUES

ou

PRIMITIFS ?

RÉPONSE A M. ÉMILE FAGUET

Je ne m'attarderai point à discuter le bien fondé de telle épithète trop vive, de telle qualification trop bien sentie, que je me suis permis d'appliquer aux écrivains du XVIIe siècle.

Je retire cuistre. Je mets à la

place artiste. Et si l'on me reproche — justement — d'avoir abusé du premier terme et de l'avoir appliqué à une foule d'écrivains très estimés, je me hâte de dire que je le considère comme un parfait synonyme du second et que je les emploie indifféremment.

J'espère que cette explication sera jugée satisfaisante, et, devenu avec l'âge d'une extrême politesse et d'une grande circonspection, je m'engage à ne plus employer d'épithètes malsonnantes, sauf lorsque la rime l'exigera, et à ne plus rapprocher « *cuistres* » que de « *sinistres* ».

Un « artiste » est un écrivain qui crée, — cela peut à la rigueur s'appeler créer — son œuvre de pièces et de morceaux qu'il découpe un peu partout et qu'il coud ensemble d'après les principes élémentaires d'esthétique formulés par les pédagogues. Un « artiste » substitue à sa vision personnelle, à son sentiment intime, à sa sensation propre, la vision, la sensation, le sentiment d'autrui. Un « artiste » est le reflet d'un reflet. L'œuvre d'un « artiste » peut être très jolie... mais elle ne rappellera pas plus le soleil qu'un clair de lune dans un étang. Un « artiste » dissertera sur toutes les passions humaines. Il dissertera même beaucoup plus élégamment sur ces passions, que ceux-là qui les ont éprouvées. Sous l'aiguillon de leur souffrance, dans le désarroi de leur angoisse, les tragiques victimes d'une âme passionnée, ont poussé des cris, ont exhalé des gémissements, ont sangloté, ont tendu vers leurs frères des mains suppliantes ; les autres ont analysé ces cris, ont étudié la valeur de ces gémissements, de ces sanglots, de ces gestes éperdus et ils les ont savamment reproduits. Mais l'homme intelligent ne sentira pas, devant cette « œuvre d'art », couler dans ses veines le frisson que l'on éprouve devant une vraie douleur, devant un sincère désespoir, devant une passion réelle, devant tous ces mouvements désordonnés au milieu desquels, les âmes, oubliant les conventions et les contraintes, se révèlent sans retenue, dans toute leur beauté.

Un vrai poète doit vivre, la vie de ses personnages. Il doit la vivre si réellement qu'il reproduise tous leurs gestes, même lorsqu'ils sont gauches et maladroits, toutes les intonations de leur voix, même lorsqu'elles sont rauques et discordantes. Ceux qui furent vraiment grands, ne firent pas autrement. Æschyle, Shakespeare, Schiller ont de ces inégalités que les crétins appellent des défauts et que les cuistres (Pardon ! « les nobles et savants artistes !... ») élaguent soigneusement de leurs ouvrages.

Accuser un auteur d'être un simulateur, de n'avoir pas vécu son œuvre, de n'avoir pas éprouvé lui-même les passions qu'il exprime, est une accusation d'une telle portée, d'une telle gravité, qu'il faut se sentir bien sûr de son fait pour oser la porter contre un écrivain.

Je ne me permettrais jamais, quant à moi, de formuler une telle accusation contre qui que ce soit, et si « nos grands classiques » n'avaient eux-mêmes pris soin de nous avertir qu'ils puisaient dans les tragiques grecs « tout ce qui regarde les passions (*Racine, préface de Phèdre*) », s'ils ne nous confessaient, comme ce même Racine dans la préface de *Britannicus* : « j'avais voulu mettre (dans cette préface de *Britannicus*) un extrait des plus beaux endroits que j'ai tâché d'imiter, mais j'ai trouvé que cet extrait tiendrait autant de place que la tragédie. » S'ils ne se vantaient d'emprunter « à Sophocle, à Sénèque, à Lucain, des passages que le lecteur est invité à reconnaître, aux mêmes marques qu'il a déjà reconnu tout, ce que j'ai emprunté à D. Guilhem de Castro dans le *Cid* (Préf. de la *Mort de Pompée*) ». Je ne me permettrais pas de supposer qu'ils aient pu pousser l'humilité jusqu'à se défier à un tel point de leurs propres inspirations!

Évidemment, il serait ridicule de dénier toute invention aux auteurs classiques, mais leur invention se borne généralement à développer en filandreux discours, quelques phrases de Tacite ou de

Juvénal, de Tite Live ou de Plutarque à insinuer dans leur trame, une fade intrigue amoureuse, à découper, à rogner le tableau rutillant et colossal dessiné par la vie, de façon à le faire entrer dans le cadre des trois unités.

Et ce sont là nos hommes de génie ? Ce sont là nos sommets ? Ce sont là nos demi-dieux ? Ce sont là les immortels dont il faut défendre le culte en arrêtant l'évolution littéraire dans sa marche, en empêchant l'éclosion du génie de demain !... Pourquoi, s'ils nous sont si supérieurs, a-t-on besoin de favoriser les grands hommes du XVII° siècle en subsidant les théâtres qui les représentent ? En réalité ils sont si bien défunts, ces *immortels* : la concurrence que leur font les auteurs modernes est si victorieuse, qu'il est nécessaire de prêter à leurs prétendus chefs-d'œuvre, le soutien de la munificence forcée des contribuables !

Quoi de plus rétrograde, de plus chinois, que cette conception d'une beauté littéraire, patronée par l'Etat, imposée à l'admiration par l'Etat, maintenue de force sur la scène par l'Etat ?... C'est au public, au public seul, à subventionner les théâtres et les auteurs qui lui donnent la sensation de la beauté.

Au lieu d'employer l'argent des contribuables à galvaniser des cadavres, que chaque génération d'artiste doit perdre son temps à retuer, on ferait mieux de donner une prime à l'entrepreneur de spectacle ou au comédien assez intelligent pour avoir su découvrir et produire sur une scène quelconque une œuvre d'art qui soit un reflet fidèle de notre âme à nous, qui soit une peinture exacte de notre époque. Ce n'est pas le théâtre qui joue *Rhodogune* ou *Athalie* qui mérite des encouragements, c'est celui qui joue le *Prince d'Aurec* ou la *Reine Fiamette*, la *Princesse Lointaine* ou *Thérèse Raquin*, le *Retour de Jérusalem* ou *Amoureuse*, les *Fossiles* ou la *Châtelaine*.

Les morts sont beaucoup moins intéressants que les vivants? — toujours !

Voilà la conclusion que j'ai tirée du double principe sur lequel je m'appuie, principes qui ne sont plus discutés que dans les petits séminaires : l'Evolution progressive de l'intelligence humaine, sous l'influence de l'instinct génital (1) » et « l'influence des Milieux sur tous les animaux, y compris ces animaux supérieurs que nous appelons des hommes de génie ?

Je n'ai jamais dit : « un écrivain doit être supérieur à un autre par le seul fait qu'il vient après ». J'ai dit et je répète : que les hommes s'additionnent ; que l'humanité s'améliore ; que, bien qu'elle ne suive

(1) Voy. la Préface des *Rhapsodies Passionnées.*

pas une marche uniformément
ascendante, elle s'élève peu à
peu ; qu'un siècle, en somme, vaut
presque toujours mieux que le
siècle précédent ; qu'en ce qui
concerne respectivement notre
époque et le XVII⁰ siècle, le progrès accompli est immense ; que
le milieu dans lequel nous vivons
étant d'une fécondité et d'une puissance intellectuelle incomparablement supérieures à celles du milieu que présentait la société française du XVII⁰ siècle, nous avons
tout lieu d'attendre l'éclosion
d'œuvres d'art d'une qualité supérieures à celles dans lesquelles
s'incarna l'âme du siècle de Louis
XIV. Je prétends enfin (cela dut-
il scandaliser le monde des braves

gens qui après avoir soigneusement étudié dans les bons auteurs ce que c'est que « la Beauté » dégorgent le résultat de leurs ingestions dans la cervelle de nos enfants) je prétends que les poètes d'aujourd'hui, lorsqu'ils sont des *poètes* (voilà !) produisent des œuvres incomparablement supérieures, sous tous les rapports essentiels, à celles des écrivains du XVII° siècle.

Je ne reviendrai pas sur la démonstration en trois points, que j'en ai faite dans la Notule « *Sur les perfectionnements apportés aux conceptions des poètes tragiques par deux siècles de pensée et d'affinement cérébral.* » Quand on l'aura réfutée, si l'on sait, autrement que par des arguments *ad hominem* qui n'ont de valeur qu'en ce qui peut me concerner :

« Nous dirons toujours des raisons,
Ils diront toujours des injures !

Je mettrai toute la bonne grâce possible à reconnaître mes erreurs. En attendant, qu'il me soit permis de déclarer que je ne vois pas une seule raison pour donner, dans les Théâtres subventionnés, plus d'importance au répertoire des tragédies du XVIIe siècle qu'à celui des Mystères du XVe, et qu'ils me paraissent tous deux d'un art également primitif, également factice et maladroit.

Et enfin — puisqu'après tout nous parlons de Théâtre — permettez-moi de finir par un coup de théâtre :

Ces « artistes » — Racine surtout, — je les adore !

Je les adore... et je trouve monstrueux qu'on les joue : d'abord parce qu'on les joue mal, en essayant d'ajouter à leur œuvre une couleur locale qui la dénature, et la fausse, et constitue un anachronisme de plus ; ensuite parce que le public, subissant la suggestion de deux siècles de béate admiration, admire en ces œuvres ce qui est exécrable et passe sans manifester la moindre compréhension à côté de ce qui est intéressant et beau.

Ce qui est exécrable —ce qu'on admire — c'est la petite intrigue maigre et froide ; la noblesse soutenue du ton qui n'est souvent qu'un manque de goût, de tact et de bon sens ; la sobriété des gestes qui serait excusable si elle ne correspondait pas à un amour immodéré des phrases ; la sourde sonorité du rythme monotone ; le style enfin. Oh, ce style !

Ouvrons au hasard ce Racine impeccable et infaillible.

Voici Britannicus. Acte I, scène Ire.

« Quoi ! vous à qui Néron doit le jour qu'il res-
[pire ! »

Respirer du jour ?....

« Daignez avec César vous éclaircir du moins..

On ne s'imagine point en quoi peut consister une telle opération !

« Au nom de l'Empereur, j'allais vous informer
D'un ordre QUI d'abord a pu vous alarmer.
Mais QUI n'est QUE l'effet d'une sage conduite,
DONT César a voulu QUE vous soyez instruite. »

Le vers est un piédestal. Lorsqu'on y fait monter, dans l'harmonie des rythmes et dans la clarté des nombres, des idées et des phrases d'une aussi parfaite laideur, on mérite en vérité d'être proclamé, par les beaux esprits, poète souverain dont les autorités imposeront aux foules ineptes le culte forcé à perpétuité.

M'accusera-t-on d'avoir été choisir, dans quelque scène d'exposition sans importance, une période malencontreuse?

Prenons donc un morceau célèbre, immortel, que, tous, nous avons dû nous introduire dans la mémoire, dès notre plus tendre enfance. Prenons le fameux récit de Théramène.

Plus de la moitié des rimes sont fournies par des épithètes et parmi ces épithètes il s'en trouve non seulement d'inutiles, mais encore d'incorrectes :

Tout son corps est couvert d'écailles jaunis-
[santes.

L'auteur a voulu dire *jaunâtres* ce qui n'est pas du tout la même chose.

Théramène ne pourrait qualifier les écailles du monstre de « jaunissantes » que s'il observait ce monstre depuis longtemps. A propos de « monstre » ce mot revient quatre fois en quinze vers, ce qui n'empêche point « *l'indomptable taureau, le dragon impétueux* » qu'il est, d'être décrit de la façon la plus vague et la plus imprécise. On dira peut-être que l'émotion et la terreur ont empêché Théramène de bien distinguer l'animal, mais l'objection ne tient point, car Théramène a vu une foule de choses qu'il exprime sans netteté, sans trouver une seule image vive et frappante.

Un monstre furieux.....
Son front large est orné de cornes menaçantes..
Le ciel avec horreur voit ce monstre sauvage...

C'est profondément ridicule. Le ciel ne voit rien du tout. On sent que l'auteur se bat les flancs, pour essayer de nous persuader que ce formidable monstre est autre chose qu'une piètre machine, sous ses écailles « *jaunissantes* ». Les rimes, épithètes formées de participes présents et passés, plus dures encore que les rimes fournies par des adjectifs, abondent également dans ce trop fameux morceau : *affligés, rangés, glacés, hérissés, bondissant, mugissant, fracassé, embarrassé*, etc., etc.

On y trouve encore des perles de ce genre :

les ronces DÉGOUTTANTES

Portent de ses cheveux les dépouilles SANGLANTES

Les dépouilles de ses cheveux ?... mystère !

Où des rois des aïeux sont les froides RELIQUES

Ce qui n'est que du bon latin.

De nos cris DOULOUREUX la plaine retentit.
Leur fougue IMPÉTUEUSE enfin se ralentit.

Qu'est ce qu'une fougue qui se ralentit? et comme ces deux fades épithètes sont faibles et incolores suivies de la rime lourde et désagréable fournie par les deux verbes.

Mais j'aperçois venir sa mortelle ennemie....

Théramène VOIT venir. APERCEVOIR marque des modalités de l'action de voir qui ne conviennent point à l'acte d'un homme enfermé dans la salle d'un palais et qui ne regarde point au dehors.

Ce héros EXPIRÉ

Qu'est-ce qu'un héros «expiré»? Un héros qui *a* « expiré » ou un

héros qui *est* expiré ? Hypolite
« est » expiré, comme un terme.... impropre !

De son « GÉNÉREUX » sang la trace nous conduit...
J'y cours en « SOUPIRANT. »

Que dirait-on d'un individu qui
ayant vu sa femme se jeter par la
fenêtre, raconterait qu'il a couru
« en soupirant » pour retrouver le
« triste objet » de son « corps dé-
figuré ».

Cet « en soupirant » est une mer-
veille, et si le public de Paris était
comme il en a naïvement la prétention un public d'Athéniens, la
pièce n'eût jamais été au delà !

Il est vrai que *Bérénice* non plus
n'eût jamais été au-delà du sixième
vers qui est un délicieux monu-
ment.

Ce cabinet superbe et solitaire
Des secrets de Titus est le dépositaire
C'est ici QUELQUEFOIS, qu'il se cache à sa cour,
Lorsqu'il vient à la reine EXPLIQUER (!) son amour.

Cet « expliquer » son amour est une des plus douces choses que je connaisse ! Titus « expliquant » son amour à Bérénice !

Et qu'on ne dise pas qu' « expliquer » a jamais voulu dire autre chose que ce qu'il exprime aujourd'hui.

Il est vrai que *Iphigénie*, non plus, n'eut jamais été jusques à la fin de la première scène où l'on entend l'inévitable confident demander à Agamemnon :

Votre Oreste, au berceau VA-T-IL FINIR SA VIE ?
Qu'EST-CE QU'ON VOUS ÉCRIT (!) daignez m'en
[AVERTIR

le jeune Oreste qui s'apprête à « finir sa vie » est aussi étonnant que Titus *expliquant* son amour !

Le troisième vers de *Bajazet* eut dû suffire à égayer plusieurs générations.

Hé depuis quand, Seigneur, entre-t-on dans ces
[lieux
Dont l'accès était même « INTERDIT A NOS YEUX »

Ces yeux, à qui l'on défend l'accès de ces lieux, et qui doivent demeurer à la porte offrent à l'imagination un spectacle réjouissant.

Il est vrai encore qu'*Andromaque* n'eut pas été plus loin que les quatre pièces précédentes car dès la première scène on trouve des perles comme :

Honteux d'avoir poussé (!) tant de vœux super-
[flus...
Vous l'adoriez.....
Tu vis naître ma flamme et mes premiers
[soupirs....

Pousser des vœux et naître des soupirs !...

Mithridate n'eut d'ailleurs pas résisté davantage à l'examen le plus superficiel. On trouve dès le vingtième vers :

Comme il le dit, Arbate, il veut l'exécuter.
Mais enfin, à mon tour, je prétends éclater...

Platitudes et incorrections.....

Quant à *Athalie*, incontestablement très supérieure comme style aux autres pièces du même auteur (sauf bien entendu *Les Plaideurs* où, tout en s'inspirant d'Aristophane, — il faut bien suivre quelqu'un ! — il fut, *res mirabile dictu*, simple, naturel et pittoresque sans prétentions « littéraires ») on trouve dans la première scène, cette inversion d'un goût discutable :

L'impie Achab DÉTRUIT et, de son sang TREMPÉ
Le champ que par le meurtre, il avait usurpé.

Eh bien, malgré tous ces défauts, le théâtre du XVIIe siècle possède cependant de grands mérites et, si nos comédiens ne le jouaient point si maladroitement, l'on pourrait éprouver, à entendre ces voix qui, après deux cent cinquante ans, nous répètent les pauvres mots fanés d'un pauvre siècle mort, une douceur délicieuse et profonde...

Oh! l'ivresse d'être assis devant la scène étroite et fumeuse, où, au milieu d'un cercle de marquis, La Champmeslè minaude sous les boucles compliquées de sa chevelure... Tel vers malencontreux — où trop beau ! fait ricaner dans cette loge... C'est Mme la marquise, ennemie jurée de M. l'Historiographe du Roy, qui fait remarquer à ses bonnes amies combien M. Pradon a plus de talent...

«Hé bien connais donc Phèdre et toute sa fureur...

Que signifie ce murmure ? le public verrait-il dans ce passage une allusion maligne à de récents scandales de cour ?...

Quel drame plus noir, plus poignant, que le *Malade imaginaire* dont les mots encore jeunes, diront au temps où l'homme aura vaincu la maladie et, — pourquoi pas ? — La Mort, avec quelle brave gaieté le poète riait de la terrible Importune, même à l'heure où parmi les bruits de coulisse, il pouvait entendre déjà, traîner plaintivement sur les planches les robes noires de Celle qui allait venir le prendre, sous les yeux épouvantés des spectateurs.

Oui, sans doute, ils peuvent encore nous faire passer des heures délicieuses, ces vieux chefs-d'œuvre que le développement de nos cerveaux ne permet plus d'envisager que comme des essais gauches et maladroits. Ils sont touchants en raison même de leur déplorable style, de leur pauvre psychologie, de leur naïve absence de couleur locale, de leur malencontreuse noblesse, de leur maladroite correction ; ils sont émouvants ces vieux discours d'une pourpre pâle mangée de soleil, ces vieilles métaphores, broderies dont les fils d'or ont lentement blanchi, ces vieux héros dont la cuirasse imbriquée d'écailles de vermeil et le casque aux lourdes plumes multicolores, rappellent ceux de M. le Prince ou du Grand Roy dans les carrousels du Louvre...

Un parfum d'une perçante suavité flotte entre les maigres rimes de ces naïves « tragédies » et c'est aussi à cause de cette beauté fragile, précieuse et rare, qu'il ne faut inviter, ni nos enfants, ni nos foules, à profaner, par des admirations inconscientes, ces grâces délicates dont leurs esprits insuffisamment préparés ne peuvent subir le charme subtil. C'est à cause de cette beauté qu'il ne faut pas inviter le premier venu à se pencher sur ces chefs-d'œuvre, témoins irréfragables et douloureux, de l'évolution qui affine nos sensibilités et de l'imbécile néant de ce qu'on nomme le génie !

TABLE

Vannes. — Imp. LAFOLYE, frères